El misterio de la maleta

Von

Mónica Hagedorn Castro-Peláez

Langenscheidt

Berlin · München · Wien · Zürich · New York

El misterio de la maleta

Mónica Hagedorn Castro-Peláez

Niveau A2 des Gemeinsamen europäischen Referenzrahmens

Umwelthinweis: gedruckt auf chlorfrei gebleichtem Papier

Zeichnungen: Bartolomé Seguí
Redaktion: Dr. Olga Balboa

www.langenscheidt.de

Druck: Mercedes-Druck, Berlin
Printed in Germany

ISBN 978-3-468-49298-3

1. 2. 3. 4. 5. * 11 10 09 08 07

Vorwort

Liebe Leserin, lieber Leser,

der berühmte Wissenschaftler Dr. Montañez wurde in seinem Labor in Pamplona ermordet. Der Journalist Diego Campos fliegt im Auftrag der Zeitschrift „Actual“ dorthin, um Näheres über den Fall in Erfahrung zu bringen. Wieder zuhause in Barcelona angekommen, merkt er, dass am Flughafen sein Koffer vertauscht wurde. Auf der Suche nach seinem eigenen Koffer gerät er in eine aufregende Geschichte.

Die Hauptpersonen dieser Geschichte sind:

Diego Campos del Castillo
Verwitweter Journalist, der für die Zeitschrift „Actual" in Barcelona arbeitet. Zurzeit recherchiert er für einen Artikel über die Ermordung des Wissenschaftlers Dr. Montañez.

María Luisa Martín Sust
Junge attraktive Frau mit mysteriösen Problemen.

Gregorio
Fotograf und Diegos bester Freund.

El comisario Carlos Cuervo
Diegos Cousin und Hauptkommissar bei der Madrider Polizei.

Ort der Handlung: Barcelona, Spanien
Zeit der Handlung: Herbst

Capítulo 1

María Luisa se levantó ese día nerviosa y preocupada. No quería pensar más en la noche anterior. Miró por la ventana. La lluvia golpeaba[1] en los cristales y afuera se oía el viento.

"Tengo que ponerme el abrigo", consideró[2]. "Creo que hace frío."

Abrió el armario, eligió la ropa y se vistió poco a poco con desgana[3].

Luego, fue a la cocina, hizo un café y encendió la radio.

"Y ahora, las noticias de última hora: El doctor José María Montañez ha fallecido[4]. Una empleada lo ha encontrado muerto esta mañana en su laboratorio. El conocido científico se hizo[5] famoso gracias a sus descubrimientos y teorías revolucionarias en el campo de la Bioquímica. Al parecer..."

–¡Dios mío! –gritó desesperada María Luisa al oír la voz del locutor[6]–. "¿Qué hago? ¿Me quedo en Pamplona o me voy?"

1 trommelte 2 überlegte 3 lustlos 4 ist verstorben 5 wurde
6 Sprecher

Capítulo 2

En Barcelona no había mucho tráfico[1] a esa hora. Un automóvil se detuvo delante de un edificio moderno en el barrio de Gracia.

–Nos vemos mañana en la redacción de la revista, ¿eh? –dijo Diego al bajarse del coche de Gregorio, el fotógrafo–. Antes de acostarme voy a releer todos los datos. Me temo que todavía no tenemos bastante información como para escribir el artículo.

–Y yo voy a mirar en el portátil[2] las fotos que hice –contestó Gregorio.

–¿Nos tomamos una cañita y un bocadillo en el bar de la esquina? –propuso Diego.

–No, gracias. Estoy muy cansado. Ha sido un viaje muy estresante y con pocos resultados. La verdad es que tengo muy pocas fotos.

–Tienes razón. El asesinato del científico y la desaparición de los documentos es una buena historia, pero los colegas de Pamplona han tenido más suerte que nosotros: llegaron antes. Necesitamos una nueva estrategia de trabajo. Creo que descansar una noche nos va a venir bien.

–Bueno, entonces, hasta mañana.

–Adiós, buenas noches.

Diego entró en su casa con la maleta y la mochila con el portátil. Desde que era viudo trabajaba mucho. No quería pensar en su vida privada.

---

1 Straßenverkehr 2 Laptop

Tenía hambre. Por eso se fue directo a la nevera y la abrió. "Dos botellas de cerveza, un poco de queso y de chorizo. Mañana tengo que hacer la compra", pensó y llevó todo a la sala. "Ahora voy a ordenar un poco mis papeles."

Poco después, Diego se sentó y empezó a leer las informaciones para el nuevo artículo, hasta que al cabo de dos horas se le cerraron los ojos de cansancio.

"¡Ah, mi ropa! Voy a poner la lavadora", se acordó. Se levantó del escritorio, tomó la llavecita de su llavero y quiso abrir la maleta.

–Mmmh, no lo entiendo, ¿por qué no se abre? –dijo en voz baja y lo intentó otra vez–. Pero claro, ¡si es que ésta no es la mía! ¡Pero será posible...! Y con lo tarde que es... Diego miró asombrado la maleta que estaba delante de él: era negra, del mismo tamaño, de la misma marca, pero era otra. Poco después descubrió[1] en uno de los lados la etiqueta con el nombre y la dirección de una tal María Luisa Martín Sust.

"¿Cómo ha podido pasar?", se preguntó y trató de recordar las caras de los otros pasajeros. De repente empezó a sonreír. "¿Y si la maleta es de la rubia de negro[2] que estaba sentada dos filas más adelante? Sí, la que no estaba nada mal[3]...", pensó. "Es tarde, a esta hora ya no puedo hacer nada. Mañana iré a su casa. Seguro que ella tiene la mía", supuso y se tomó la segunda botella de cerveza fría antes de acostarse.

---

1 entdeckte 2 schwarz angezogen 3 die gar nicht schlecht aussah

Capítulo 3

Se despertó asustado al oír el ruido. Intentó apagar el despertador y necesitó algunos segundos para darse cuenta de que era el teléfono el que sonaba.

"¡Lo que me faltaba! ¿Para qué me compré ese inalámbrico[1]? Nunca sé dónde lo dejo", pensó Diego. Después de caminar medio dormido por el piso buscando el teléfono, lo encontró sobre la mesita de la sala.

–¡Dígame! –consiguió pronunciar.

–Hola, chico, ¿qué haces? Te estoy esperando en la redacción desde hace media hora –dijo una voz conocida.

–Hola, buenos días, Gregorio. Lo lamento, pero me he quedado dormido.

–Vale, Diego –continuó la voz impaciente–, pero ahora date prisa. El jefe quiere hablar con nosotros. Está de muy mal humor porque todavía no hemos escrito la historia. Es un tema explosivo[2], de actualidad. Nuestra revista tiene que ser de las primeras en publicar un buen reportaje.

–Sí, sí. Está bien, está bien. En una hora nos encontramos en la oficina, ¿de acuerdo?

–Vale.

Se vistió rápido y se marchó olvidándose por completo de la maleta.

1 drahtloses Telefon 2 brandaktuell

Al salir de la editorial de la revista "Actual" donde trabajaba, se acordó de ella.

"¿Cuál era la dirección de la chica? Seguro que a esta hora está en su casa. Creo que sé dónde queda la calle", supuso Diego mientras subía a su SEAT.

En la plaza de Cataluña todavía había bastante tráfico. Torció y bajó por las Ramblas donde, como siempre, había mucha gente, hasta llegar a la estatua de Colón. Luego tomó por el paseo de Colón en dirección al barrio del Born, cerca de la estación del Norte. A su derecha se podían ver los edificios grises del puerto, muy cerca del agua.

"Aquí es y ¡qué suerte tengo! ¡Hasta aparcamiento he encontrado!", se dijo Diego con una sonrisa y dejó su coche delante de un edificio antiguo.

El periodista se acercó al edificio y vio salir a dos hombres vestidos con trajes oscuros. Entró rápidamente sin prestarles mucha atención[1].

–Tercer piso, izquierda –murmuró por las escaleras.

Se detuvo en seco al acercarse al apartamento. La puerta estaba entreabierta[2]. Quedó tan asombrado que no oyó los pasos detrás de él.

–¿Cómo se atreve[3] a…?

Diego se asustó al oír una voz femenina a sus espaldas.

---

1 große Aufmerksamkeit schenken 2 einen Spalt geöffnet
3 Was erlauben Sie sich?

–Yo… yo –tartamudeó–. Acabo de llegar…

Delante de él estaba la chica del avión. Rizos rubios enmarcaban su cara, en la que dos grandes ojos verdes parecían hipnotizarle.

Ella pasó como una furia a su lado, abrió del todo la puerta y sólo logró dar un pequeño grito. Diego miró por encima de su hombro: el piso estaba totalmente revuelto, sillas caídas, el contenido de armarios y cajones estaba desparramado[1] por el suelo y su maleta, abierta.

–Me llamo Diego Campos del Castillo –se presentó él con una sonrisa– y vengo por mi maleta… Tú debes de ser María Luisa, ¿verdad?

La chica no reaccionó. Solamente estaba de pie en medio de ese caos.

–Oye –continuó–. Creo que es mejor llamar a la Policía. Alguien ha entrado en tu piso.

–¡No, no! ¡Policía no! –exclamó María Luisa finalmente.

–Aquí no puedes quedarte, es demasiado peligroso.

Ella lo miró un momento con sus grandes ojos, sin decir nada.

"¡Qué bonita es!", pensó Diego. "Creo que tengo que ayudarla."

–En el aeropuerto hubo una confusión. Yo tengo tu maleta y tú te llevaste la mía –continuó, señalando la suya en el medio de la sala.

---

1 verstreut

–Es verdad –contestó la chica–, pero la tuya no tiene ni nombre ni dirección. Por eso no pude ponerme en contacto contigo.

–¿Qué tal si vamos a mi casa? Así puedo devolverte lo que es tuyo. Allí estarás segura. Puedes dormir en mi despacho y mañana ir a la Policía…

–Pero… no nos conocemos –le interrumpió ella– y ¿cómo sé yo que tú no eres de los que han entrado en mi piso?

–Te repito que yo sólo he venido por las maletas. Mira –continuó Diego, sacando una tarjeta de visita–. Soy periodista y ahora quisiera ayudarte. ¿Sabes por qué entraron?

María Luisa pareció dudar unos momentos.

–No. Bueno, pero la verdad es que realmente no puedo quedarme aquí. Yo tengo un coche de alquiler[1]. Te sigo, ¿eh?

–Muy bien. Vamos.

Poco después, los dos bajaron las escaleras y salieron de la casa.

---

1 Mietwagen

Capítulo 4

Llovía. El asfalto mojado[1] reflejaba las luces[2]. Detrás de ellos quedaba el mar oscuro e intranquilo. Diego subió por las Ramblas, cruzó la plaza de Cataluña y tras unos minutos tomó por el majestuoso paseo de Gracia. Intentó concentrarse en el tráfico y no conducir muy rápido. Por el retrovisor[3] veía el auto rojo de María Luisa.

Tres o cuatro coches más atrás, un Mercedes gris llevaba la misma ruta, manteniendo siempre la distancia[4].

Por fin llegaron y ambos se bajaron del vehículo casi al mismo tiempo.

–Ven, vivo en el segundo piso –dijo él–. Y ésta es mi casa. ¡Bienvenida! –agregó al entrar.

1 nass 2 spiegelte die Lichter wider 3 Rückspiegel
4 und hielt den Abstand

–¡Mi maleta! –exclamó la chica.

–Como ves, está cerrada.

–Tu maleta no tenía etiqueta –repitió ella, ahora más tranquila, mientras miraba una y otra vez su equipaje.

–Ya lo sé, ya lo sé –sonrió Diego–, soy un desastre. Siéntate mientras yo preparo algo para comer, ¿vale?

–Vale –dijo ella y echó un vistazo a[1] su alrededor.

Diego se quitó la chaqueta y fue a la cocina.

María Luisa se levantó rápidamente, y con gestos nerviosos sacó de su bolso una llavecita y abrió rápidamente la maleta. Pocos segundos después tenía en la mano dos CD-ROM.

En un primer momento se quedó algo indecisa, pero luego se dirigió a la estantería donde Diego tenía su equipo de música, miró los discos compactos, abrió una cajita, colocó los CD-ROM adentro, luego volvió al sofá y dejó caerse en él con un gran suspiro.

Entonces Diego volvió a la sala con el inalámbrico en la mano.

–Tengo que pedir una pizza –dijo–. Olvidé que no tengo nada para comer en casa, ¿te gustan las pizzas?

–Sí, sí –contestó la chica–. Me encanta la comida italiana.

Veinte minutos después empezaron a comer.

"¡Qué suerte la mía!", pensó Diego mientras servía un vino de Rioja. "¡Qué ojos tan bonitos tiene!"

---

1 warf einen Blick auf

Capítulo 5

Diego se levantó, se vistió y fue sin hacer ruido a la cocina para preparar el café. Estaba feliz de tenerla en casa, aunque tan sólo por unas horas. La chica le gustaba. Le gustaba más de lo que él quería confesarse.

"¿Por qué entraron esos hombres en su casa y abrieron mi maleta? ¿Por qué no quiere ir María Luisa a la Policía?", se preguntaba una y otra vez delante de la cafetera. "Quizás me cuenta algo y yo puedo escribir una buena historia. Así olvido la mala suerte que he tenido con el científico asesinado", pensó mientras llamaba a la puerta del despacho.

Golpeó una segunda vez y esperó. No se oía nada. Titubeó[1] unos instantes y luego entró. María Luisa no estaba allí.

Diego cerró la puerta furioso. El portazo hizo caer un cuadro en el pasillo, que él dejó en el suelo.

"Se fue. Eres un tonto, un tonto de capirote[2]. Ahora no tienes nada: ni chica bonita, ni historia ni nada", se reprochó[3].

Cuando María Luisa salió del edificio y se dirigió a su coche no notó el Mercedes aparcado en la esquina.

"En menudo lío estoy metida[4]. Y hasta a este chico tan bueno y simpático lo estoy poniendo en peligro. Y lo peor es que Diego me gusta, creo que me he enamorado", suspiró mientras arrancaba su coche.

---

1 zögerte 2 Dummkopf 3 warf sich vor
4 Nun stecke ich aber in Schwierigkeiten!

"Tengo que encontrar una solución yo sola. Si no, estoy perdida", continuó para sí, desesperada y con lágrimas en los ojos.

Llovía mucho y el viento era más fuerte que en la tarde anterior.

A esa hora de la madrugada había muy pocos coches en la autovía de Castelldefels.

María Luisa no tardó mucho en darse cuenta de que la seguían. Aceleró[1]. Ciento veinte, ciento treinta, ciento cuarenta, ciento cincuenta kilómetros por hora.

"Más rápido. Tengo que ir más rápido", se dijo y pisó el acelerador a fondo[2]. "Tengo que llegar al aeropuerto. Ésa es mi única posibilidad."

Ciento setenta marcaba el velocímetro. Todo el coche vibraba, el limpiaparabrisas[3] estaba puesto a tope, pero María Luisa no veía bien el pavimento.

Las luces de los faros detrás de ella la encandilaban[4] y sus bonitos ojos verdes estaban cubiertos por un velo de lágrimas.

Fueron necesarios solamente unos segundos: luces, vértigo[5], oscuridad[6].

Diego se tomó lentamente el café.

"Otra vez la rutina, la lucha de todos los días, siempre corriendo detrás de novedades, la soledad después del trabajo…", suspiró y puso la radio.

---

1 gab Gas 2 trat das Gaspedal durch 3 Scheibenwischer
4 blendeten 5 Schwindelgefühl 6 Dunkelheit

"Últimas noticias: La Policía ha encontrado en la autovía de Castelldefels a un kilómetro de la salida del aeropuerto a una joven en estado inconsciente[1], víctima[2] de un accidente. El culpable[3] se ha dado a la fuga[4]. La chica, que conducía un coche rojo, se encuentra en estos momentos en el Hospital General de Bellvitge. ¿Quién conoce la identidad de esta persona? Por favor, diríjanse a la comisaría de..."

–¡María Luisa! –articuló Diego.

1 bewusstlos 2 Opfer 3 der Schuldige 4 Fahrerflucht begangen

Capítulo 6

Diego tomó su chaqueta y salió corriendo.

Media hora más tarde entró en la estación de cuidados intensivos del hospital.

–¿Cómo ha dicho? ¿Que la paciente no está? –repitió asombrado–. ¡Pero si en las noticias he oído que han traído a la joven a este hospital y que estaba inconsciente!

–Sí, y es una chica con un ángel protector, creo. Unos veinte minutos después de su hospitalización ha recuperado el conocimiento. Cuando la enfermera ha entrado en la habitación para tomarle el pulso, no la ha encontrado. Al parecer, la paciente se ha ido sin decir nada, a pesar de tener una ligera conmoción cerebral[1].

–¿Adónde?

La enfermera jefa se encogió de hombros[2].

–¿Es usted pariente de la joven?

–No, no, sólo un amigo –contestó el periodista enrojeciendo[3].

–Pues, la verdad es que en ese caso me temo que ya le he dicho demasiado –terminó la enfermera y se dio media vuelta[4]. Diego se quedó unos segundos indeciso[5] y luego se fue.

---

1 Gehirnerschütterung 2 zuckte mit den Schultern 3 und wurde rot
4 drehte sich um 5 unschlüssig

Capítulo 7

Hacía horas que Diego estaba sentado delante del ordenador en su despacho de la redacción. Tenía la impresión de tener la cabeza vacía. Por tercera vez comenzó a escribir la biografía del científico asesinado:

"José María Montañez nació en Galicia en un pequeño pueblo de montaña en la provincia de Lugo el 20 de diciembre de 1938. Desde muy joven se interesó por la Química y la Medicina y..."

"Me han pasado tantas cosas en las últimas horas que, aunque lo intento, no puedo seguir trabajando", se dijo. "Al diablo con la historia del científico. Las biografías no le interesan a casi nadie. Lo que necesito es saber más del asesinato. Además, no puedo dejar de pensar en María Luisa y en su desaparición", consideró y se levantó de su silla. "Me voy a buscar un café."

–¿Ya tienes listo el artículo? –le preguntó Gregorio, que fumaba de pie al lado de la máquina del pasillo.

–¿Listo? ¡Qué va!

–Ven a mi despacho, quiero mostrarte unas fotos.

La habitación del fotógrafo era caótica. Las paredes y la mesa cerca de la ventana estaban cubiertas de fotos de todos los tamaños. Gregorio cliqueó en el teclado del portátil y aparecieron una tras otra las fotos archivadas. En una de ellas se veía en un laboratorio químico a un hombre mayor con un delantal[1]

1 Kittel

blanco, que sonreía a la cámara y tenía un diploma en la mano. En otra, el científico estaba rodeado de varias personas también vestidas como él.

–Aquí está con sus colegas y compañeros. Y ésta es la última foto del doctor Montañez –continuó Gregorio, mostrando una en la que se veía un cuerpo en el suelo entre frascos de cristal rotos–. Así lo encontraron.

–Vaya, vaya.

–Trabajaba en un proyecto muy importante. El mes próximo quería publicar los resultados de veinte años de investigación. Toda una revolución en Bioquímica. La industria farmacéutica estaba a la expectativa. Lamentablemente hay gente que quiere impedir eso a toda costa[1].

–¿Y la Policía ya tiene indicios? ¿Qué ha pasado con los resultados de la investigación?

–Han desaparecido.

–Mmmh... Gregorio, creo que por hoy es mejor terminar. Necesitamos detalles. Mañana tenemos que contactar con los colegas de Pamplona. Es nuestra única oportunidad. Además estoy muy cansado. Me voy a casa.

–Vale. Yo me quedo un rato todavía –Gregorio continuó ampliando las fotos y Diego salió de la editorial.

"No puedo más", pensó y subió a su viejo SEAT.

---

1 koste, was es wolle

Capítulo 8

Su corazón empezó a latir con violencia[1] al llegar a su piso y ver la cerradura rota.

"Debe de ser una pesadilla. Sí. Me despertaré y todo será como antes", deseó al abrir la puerta temeroso[2]. Al intentar encender la luz, tropezó con un par de zapatos colocados en medio de la entrada.

–Aquí también han entrado. ¡Maldita sea! ¿Pero qué buscan? –murmuró desesperado, mirando todo el desorden.

En ese mismo momento comenzó a sonar el inalámbrico. Diego dudó un instante, para correr poco después hacia el lugar de donde venía el sonido.

–¿Diga?

–¿Diego? –preguntó una voz temblorosa[3] al otro lado del teléfono.

–María Luisa, ¿dónde estás?, ¿qué pasa?, ¿por qué te fuiste sin decir nada?, ¿tuviste un accidente? Oye, en mi casa también han estado... ¡Dime qué buscan, por favor! –suplicó casi.

–Creo que ahora tú también estás en peligro. Ven a la calle del Moro, al hotel Oriente. Pero por favor, ten cuidado. Nadie debe seguirte. Y...

–¿...y qué, María Luisa?

–¿Estás solo?

---

1 fing an heftig zu schlagen 2 ängstlich 3 zitternde Stimme

–Pues, claro. ¿Tú qué crees?

–Bien. Tienes que traerme algo muy importante... –hubo un momento de silencio.

–¡María Luisa! –gritó Diego lleno de pánico[1]–. ¿Estás ahí?

–Sí, sí. Escucha. Tienes que traerme tus CDs de "La Flauta Mágica" de Mozart.

Por un momento él creyó que la chica había perdido la razón[2].

–Pero María Luisa, ahora no estamos para escuchar música clásica –contestó Diego un poco impaciente.

–¡Por favor, haz lo que te digo, si quieres ayudarme! ¡Date prisa y ten cuidado[3]!

–Está bien, hasta luego –dijo y colgó–. ¡Esta mujer está loca! –suspiró el periodista–. "Cada vez que me enamoro tengo problemas", continuó y se acordó por un instante con profunda tristeza de Nuria, su mujer asesinada.

Tomó los CDs de la estantería, cerró la puerta tras de sí[4] y corrió escaleras abajo.

Al salir a la calle miró a derecha e izquierda.

"¡Ja! Esta vez me alegro de no haber aparcado delante de la puerta", se dijo y caminó con paso rápido hasta llegar a su coche. Las piernas le temblaban[5]. Se sentó y esperó unos segundos antes de arrancar.

"Tengo suerte", consideró, mirando por el espejo retrovisor al torcer la esquina. "Nadie me sigue."

---

1 voller Panik 2 hatte den Verstand verloren 3 sei vorsichtig!
4 hinter sich 5 zitterten

Capítulo 9

Llegó al hotel sin más problemas. Se dirigió a la recepcionista.

–Buenas noches. ¿La habitación de la señorita Martín?

–Habitación 202.

–Gracias.

Llamó suavemente a la puerta de la 202.

–¿Quién es? –preguntó la chica.

–Soy yo, Diego. Ábreme, ábreme.

La puerta se abrió y Diego vio que María Luisa estaba asustada. En la frente, sobre la sien[1] derecha, tenía hematomas.

1 Schläfe

–¡Por fin! –exclamó el periodista y la tomó en sus brazos, buscó sus labios y la besó, olvidando por unos instantes todo lo demás.

–¿Tienes "La Flauta Mágica"? ¿La has traído? –preguntó María Luisa separándose un poco.

–¡Oye!, ¿es tan importante esa música para ti?

Diego, algo desilusionado, sacó del bolsillo interior de su chaqueta la caja de los CDs.

Con mano temblorosa María Luisa la abrió y, sin hablar, le mostró los CD-ROM que estaban adentro.

–Ésos no son mis CDs –comentó asombrado.

–Claro que no –sonrió ella débilmente y se tocó la frente con un gesto de dolor–. Esto es lo que están buscando: los documentos desaparecidos del doctor Montañez.

–¿Tú? ¿Tú tienes…?

"María Luisa, ¿una asesina? ¡No puede ser!", pensó él horrorizado.

Ella adivinó[1] sus pensamientos.

–No, Diego. Sé lo que estás pensando, pero yo no lo maté... Es una historia complicada. Creo que es mejor no contarte nada. Yo sé la verdad, pero no puedo…

"Esos ojos no pueden mentirme", recapacitó[2] Diego y volvió a besarla.

La llevó suavemente hacia la gran cama que dominaba[3] la habitación. María Luisa no se resistió[4]. Se amaron sin más preguntas, casi con desesperación[5].

---

1 erriet 2 überlegte genau 3 einnahm 4 widersetzte sich nicht
5 Verzweiflung

Capítulo 10

María Luisa descansaba en los brazos de Diego, que jugaba con sus rizos rubios.

–Nuestros coches están en la calle. No van a tardar mucho en encontrarnos –opinó–. Creo que es hora de contarte todo.

Él no dijo nada, lleno de curiosidad.

–El doctor Montañez era mi tío.

–¿Cómo dices? Que...

–Sí, yo era una de sus asistentas en el laboratorio. Últimamente él estaba muy nervioso, sabía que tenía muchos enemigos. Una noche, después de muchas horas de trabajo en la última fase de su experimento[1], tuve que hacerle una promesa[2].

–¿Qué? –preguntó Diego, curioso.

–Que si a él le pasaba algo, yo tenía que esconder los documentos con los resultados. No debían caer en manos de gente sin escrúpulos. Protesté, pero él insistió y se lo tuve que prometer... Pobre tío Pepe –continuó María Luisa, secándose una lágrima–, fue entonces cuando me dio los CD-ROM y las llaves de un piso suyo en Barcelona, donde podía estar segura. Al día siguiente lo encontraron asesinado en su laboratorio y yo... fui la última que lo vio con vida –la joven comenzó a llorar y Diego la abrazó más fuerte.

–¿Y qué hiciste?

---

1 während der Endphase seines Versuchs 2 ihm etwas versprechen

–Al oír la noticia, tuve miedo. Quizás la Policía pensaba que yo era la asesina. Al principio estuve escondida dos días en mi casa. Después me vine a Barcelona al piso de mi tío. El resto de la historia, ya lo conoces. Y ahora estoy en dificultades[1] –terminó ella con voz desesperada.

–No puedes seguir huyendo[2]. ¿Qué podemos hacer...? ¡Sí, eso es! ¡A ver qué te parece mi idea! Tengo un primo que es comisario de Policía en Madrid. Estoy seguro de que él puede ayudarnos. ¡Voy a llamarlo ahora mismo!

1 stecke in Schwierigkeiten 2 weiter fliehen

Capítulo 11

Al cabo de dos horas, y tras devolver el coche de alquiler en el aeropuerto, los dos salieron en el Puente aéreo de Iberia con dirección a Madrid.

–¡Todo se va a arreglar! –dijo él para tranquilizarla, pero la chica temblaba, sentada a su lado–. En menos de sesenta minutos llegaremos a Madrid.

La mayoría de los pasajeros eran ejecutivos[1], vestidos de traje y corbata, que iban y volvían al trabajo en avión. Muchos de ellos preparaban reuniones de negocios en sus portátiles. Parecían nerviosos y estresados.

Callados y tomados de la mano, Diego y María Luisa esperaron el aterrizaje.

1 Manager

Capítulo 12

Al abandonar el avión, Diego notó la presencia de los dos hombres.

Iban vestidos como los demás, pero no llevaban maletines.

"Mi experiencia de periodista no me engaña", pensó. "Estos dos no son ejecutivos."

En cuanto alcanzaron el final de la escalerilla, él tomó con fuerza la mano de la chica y le dijo en voz baja:

–¡Corre, María Luisa, corre! ¡Creo que nos persiguen!

Sin pensarlo dos veces, los dos echaron a correr, seguidos por los dos hombres.

Atropellando y empujando a la gente[1], continuaron la loca carrera por los pasillos del aeropuerto. Las dos figuras estaban cada vez más cerca.

–¡Alto! ¡Policía! –gritaron de repente cuatro policías uniformados, cerrándoles el paso.

–¡Carlos! ¡Por suerte! –exclamó Diego al acercarse un hombre con un gran bigote.

El comisario Carlos Cuervo recibió más tarde a Diego y María Luisa en su despacho.

–Creo que el caso está resuelto. Mis colegas de Pamplona se han comunicado conmigo –explicó el comisario en tono oficial–. Las huellas digitales[2] encontradas en el laboratorio son las mismas que las de los detenidos[3]. Eso significa, señorita –continuó mirando a la chica–, que usted es inocente y…

–¡Qué alegría, no me lo puedo creer! –suspiró ella.

–…y como la empresa multinacional química para la que trabajaba su tío ha ofrecido una recompensa por la recuperación de los documentos… aquí tiene usted un cheque por un valor de doscientos cincuenta mil euros –dijo Carlos y le dio un sobre cerrado.

Diego y María Luisa se miraron sin hablar y se besaron.

Carlos encendió un cigarrillo y pensó sonriendo: "¡Por fin un final feliz!"

---

1 sie schubsten und rannten die Leute um 2 Fingerabdrücke
3 die Festgenommenen

Actividades

Capítulo 1

1 **Poner el indefinido de estos verbos en la tercera persona del singular y ordenar las acciones según el capítulo:**

	indefinido	orden en el capítulo
a) abrir	abrió	
b) hacer	hizo	
c) encender	encendió	
d) vestirse	se vistió	
e) ir	fue	
f) levantarse	se levantó	
g) elegir	elegió	
h) gritar	gritó	
i) mirar	miró	

2 **Señalar la opción correcta:**

a) Ese día María Luisa estaba …
- muy contenta. ☐
- nerviosa. ☒
- aburrida. ☐

b) Hacía …
- buen tiempo. ☐
- frío. ☒
- sol. ☐

c) María Luisa se vistió …
- despacio. ☒
- deprisa. ☐
- en un segundo. ☐

d) Al oír la noticia …
sale de su casa. ☐
se va a Pamplona. ☐
no sabe qué hacer. ☒

Capítulo 2

3 Completar el memo-mapa con estos objetos y muebles según tu experiencia. Puedes agregar otras cosas.

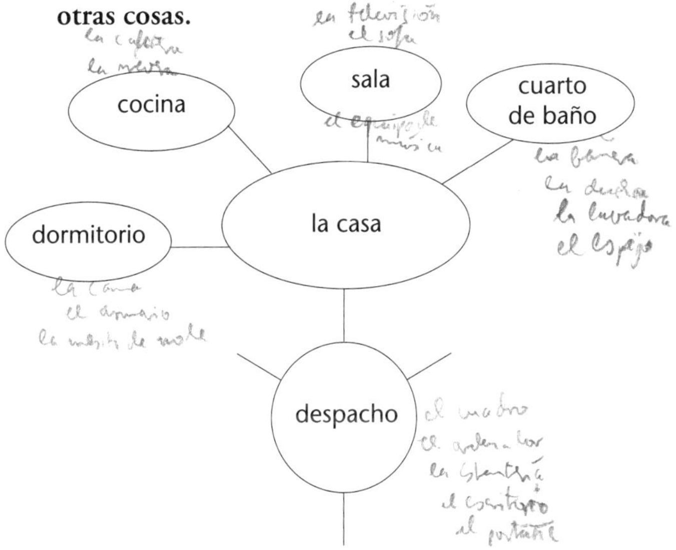

el equipo de música	la televisión
la nevera	el cuadro
la lavadora	la cama
el armario	el ordenador
la cafetera	la estantería
el escritorio	el sofá
el portátil	la bañera

Capítulo 3

4 Completar las frases con los verbos en el tiempo correcto:

a) El periodista (acordarse) .... de la maleta cuando (salir) .... de la editorial.
b) (Subir) .... al coche.
c) (Conducir) .... en dirección a la plaza donde (haber) .... bastante tráfico.
d) Luego (torcer) .... y (bajar) .... por las Ramblas.
e) Después (tomar) .... por el paseo de Colón.
f) A su derecha (verse) .... los edificios grises del puerto.
g) (Llegar) .... al piso.
h) La puerta (estar) .... entreabierta.
i) Él no (oír) .... los pasos detrás de él.
j) La chica (tener) .... rizos rubios.
k) El piso (estar) .... revuelto.

Capítulo 4

5 Unir los contrarios:

a) mojado	1) preguntar
b) oscuro	2) seco
c) intranquilo	3) luminoso
d) rápidamente	4) salir
e) empezar	5) tranquilo
f) entrar	6) terminar
g) bajarse	7) subirse
h) ir	8) venir
i) contestar	9) lentamente

Capítulo 5

6 Poner las expresiones necesarias en la forma correcta:

velocímetro, pisar, limpiaparabrisas, encender, arrancar

a) María Luisa .... las luces, porque era de noche.
b) Para ir más rápido, ella .... el acelerador a fondo.
c) El .... marcaba ciento setenta kilómetros por hora.
d) Llovía. Ella puso a funcionar el ....
e) Para .... un coche necesito la llave.

7 Buscar la palabra intrusa:

a) limpiaparabrisas, cafetera, faros, velocímetro, ruedas
b) arrancar, acelerar, aparcar, comer, conducir
c) se levantó, se vistió, se despertó, se dirigió, abrió
d) calle, paseo, autovía, piso, autopista
e) estaba, gustaba, marcaba, desesperada, conducía

8 Completar las expresiones:

a) un tonto	☐ de la cabeza	☐ de capirote
b) tardar	☐ en darse cuenta	☐ por darse cuenta
c) pisar el acelerador	☐ con tope	☐ a fondo
d) estar metido	☐ en un lío	☐ con un lío
e) funcionar	☐ de tope	☐ a tope

Capítulo 6

9 Relacionar principio y final de la frase según el contenido del capítulo:

a) Diego se puso la chaqueta y …
b) Él entró en el hospital y …
c) La paciente se levantó y …
d) La enfermera entró en la habitación …
e) Diego pensó unos minutos y …

1) … habló con la enfermera.
2) … para tomar el pulso a la chica.
3) … salió del piso.
4) … se fue sin decir nada.
5) … se fue.

Capítulo 7

10 Colocar las preposiciones adecuadas: a, en, de, delante del, por, con

1) Diego estaba sentado .... ordenador .... su despacho.
2) Comenzó .... escribir la biografía.
3) El señor Montañez nació .... Galicia.
4) Desde muy joven se interesó .... la Química.
5) .... las últimas horas han pasado muchas cosas.
6) La mesa está cubierta .... fotos.
7) Diego no puede dejar .... pensar .... la chica.
8) El periodista se levantó .... la silla.
9) .... una foto hay un hombre .... un diploma .... la mano.
10) Diego salió .... la oficina y se fue .... casa.

Capítulo 8

11 Señalar la opción correcta:

a) "¡Maldita sea!" significa ...
- alegría. ☐
- fastidio. ☒
- sorpresa. ☐

b) "Perder la razón" significa ...
- perder un objeto valioso. ☐
- estar loco. ☒
- no encontrar la afeitadora. ☐

c) "Murmurar" significa ...
- hablar en voz baja. ☒
- cantar. ☐
- leer en voz alta. ☐

d) "Estar en peligro" significa ...
- estar en una peluquería. ☐
- no estar seguro. ☒
- tener mucho pelo. ☐

12 ¿Qué resumen del capítulo es correcto?

a) Cuando Diego llega a su casa, ve que alguien ha entrado. En la puerta están los zapatos de María Luisa. Entonces ella le llama. Está en el hotel Moro de la calle Oriente. Diego tiene que llevarle sus zapatos. Él cree que está loca, pero va al hotel.

b) Cuando Diego entra en su casa, se da cuenta de que alguien ha estado allí. Luego suena el inalámbrico. Es María Luisa. Le dice que tienen que encontrarse en un hotel y llevarle unos CDs de la estantería. Diego va al hotel.

Capítulo 9

13 **Escribir en el dibujo los nombres de las partes de la cara:**

la cabeza (1), el pelo (2), la cara (3), la frente (4), la sien (5), los ojos (6), las cejas (7), las pestañas (8), la nariz (9), la boca (10), los labios (11), los dientes (12), las orejas (13)

Capítulo 10

14 Completar las siguientes frases:

a) Cuando la pareja está junta, María Luisa le dice a Diego que ...es hora de contarle todo
b) El Dr. Montañez le dijo a María Luisa que si a él le pasaba algo ...los documentos no debían caer en otras manos
c) El Dr. Montañez le dio a su sobrina ...los CD-Rom y las llaves
d) Al oír la noticia del asesinato de su tío, María Luisa al principio ...estuvo escondida dos días en su casa y luego se fue a Barcelona.

Capítulo 11

15 ¿Las siguientes afirmaciones son correctas o falsas?

	Sí.	No.
a) María Luisa y Diego alquilan un coche en el aeropuerto.		X
b) La mayoría de los pasajeros van vestidos de traje y corbata.	X	
c) El Puente aéreo es un puente muy largo.		X
d) El vuelo de Barcelona a Madrid dura menos de una hora.	X	
e) IBERIA es una compañía aérea española.	X	

Capítulo 12

16 Contestar a las siguientes preguntas:

a) ¿Qué vio Diego al abandonar el avión?

Él vio a los dos hombres

b) ¿Qué hicieron María Luisa y Diego cuando llegaron a tierra?

Los dos echaron a correr

c) ¿Quién les cerró el paso?

Cuatro policías uniformados

d) ¿Quién es el hombre del gran bigote?

Es el comisario Carlos Cuervo

e) ¿Qué había en el sobre que el comisario le dio a María Luisa?

Había un cheque por doscientos cincuenta mil euros

Soluciones

1

a) abrió	3
b) hizo	7
c) encendió	8
d) se vistió	5
e) fue	6
f) se levantó	1
g) eligió	4
h) gritó	9
i) miró	2

2 a) ... nerviosa. b) ... frío. c) ... despacio. d) ... no sabe qué hacer.

3 por ejemplo, cocina: la nevera, la cafetera
dormitorio: la cama, el armario
cuarto de baño: la lavadora, la bañera
despacho: el ordenador, el escritorio, el portátil
sala: el sofá, la estantería, el cuadro, el equipo de música, la televisión

4 a) se acordó, salió; b) subió; c) condujo, había; d) torció, bajó; e) tomó; f) se veían; g) llegó; h) estaba; i) oyó; j) tenía; k) estaba

5 a2; b3; c5; d9; e6; f4; g7; h8; i1

6 a) encendió; b) pisó; c) velocímetro; d) limpiaparabrisas; e) arrancar

7 a) cafetera; b) comer; c) abrió; d) piso; e) desesperada

8 a) de capirote; b) en darse cuenta; c) a fondo; d) en un lío; e) a tope

9 a3; b1; c4; d2; e5

10 1) delante del, en; 2) a; 3) en; 4) por; 5) en; 6) de; 7) de, en; 8) de; 9) en, con, en; 10) de, a

11 a) ... fastidio. b) ... estar loco. c) ... hablar en voz baja. d) ... no estar seguro.

12 resumen correcto: b

13 1) der Kopf; 2) die Haare; 3) das Gesicht; 4) die Stirn; 5) die Schläfe; 6) die Augen; 7) die Augenbrauen; 8) die Wimpern; 9) die Nase; 10) der Mund; 11) die Lippen; 12) die Zähne; 13) die Ohren

14 a) … es hora de contarle todo.
b) … los documentos no debían caer en otras manos.
c) … los CD-ROM y las llaves del piso en Barcelona.
d) … estuvo escondida dos días en su casa y luego se fue a Barcelona.

15 sí: b, d, e; no: a, c

16 a) Él vio a los dos hombres.
b) Los dos echaron a correr.
c) Cuatro policías uniformados.
d) Es el comisario Carlos Cuervo.
e) Había un cheque por doscientos cincuenta mil euros.